PEDRO

PEDRO EL NINJA

por Fran Manushkin

ilustrado por
Tammie Lyon

PICTURE WINDOW BOOKS
a capstone imprint

Publica la serie Pedro Picture Window Books,
una imprenta de Capstone,
1710 Roe Crest Drive
North Mankato, Minnesota 56003
www.mycapstone.com

Texto © 2018 Fran Manushkin
Ilustraciones © 2018 Picture Window Books

Los datos de CIP (Catalogación previa a la publicación, CIP) de la Biblioteca del Congreso se encuentran disponibles en el sitio web de la Biblioteca.

ISBN: 978-1-5158-2510-4 (encuadernación para biblioteca)
ISBN: 978-1-5158-2518-0 (de bolsillo)
ISBN: 978-1-5158-2526-5 (libro electrónico)

Resumen: Después de ver un dibujo animado sobre ninjas, Pedro sueña con ser ninja él también. Por suerte, su papá lo lleva a aprender karate. Con mucho trabajo y un poco de práctica, tal vez Pedro llegue a ser una estrella ninja como las que ve en las películas.

Diseñadora: Tracy McCabe
Elementos de diseño: Shutterstock

Impresión y encuadernación en los Estados Unidos de América.
010837S18

Contenido

Capítulo 1
Clase de karate

Pedro y Paco miraban un

dibujo animado sobre ninjas.

—¡Vaya! —exclamó Paco—.

Esa patada fue asombrosa.

—Quisiera estar en una película de ninjas —dijo Pedro y Grito —: ¡JI YA!

¡Uy! Pedro pateó una silla.

—¡Ay! —se quejó—. Ser ninja es complicado.

—Yo puedo ayudarte —dijo

el papá—. ¿Te gustaría tomar

lecciones de karate?

—Claro que sí! —dijo Pedro.

El papá le compró un uniforme llamado *karategui*.

—¡Qué bueno! —dijo—. Me veo genial.

—¡Es verdad! —dijo Paco—. Ojalá yo pudiera ir a la clase.

—Tal vez el año próximo —dijo su papá.

Juli y Katie estaban en la clase de Pedro. Todos saludaron con una reverencia al maestro, el *sensei* Kono.

El maestro dijo:

—Lo primero que aprenderán es esta postura.

Pedro repitió la postura una

y otra vez.

Le comentó a Juli:

—Me siento como una

estatua.

—Pero te ves feroz —dijo

Katie.

En la otra clase, el sensei
Kono les mostró la patada
de costado. Era complicada.
Para hacerla bien, hacía falta
equilibrio y mucha práctica.

A Pedro le encantaba hacer
esa patada. Se la mostró a
Paco. Peppy también quiso
hacerla y volcó su tazón de
comida.

¡JI YA!

Cada día después de la

escuela, Pedro y sus amigas

jugaban a que estaban en

una película de ninjas.

—Practiquemos nuestras patadas —dijo Juli.

¡Uy! Pateó un árbol y comenzaron a caer manzanas... ¡sobre la cabeza de Paco!

—¡JI YA! —gritó Pedro y frenó las manzanas.

—¡Qué buenos movimientos! —dijo Katie.

—Ya casi soy una estrella ninja —dijo Pedro—. No falta mucho.

Los puñetazos eran lo más divertido. Pedro les pegaba a pelotas de playa y globos.

¡Pop! ¡Pop! ¡Pop!

Hasta que no quedó ni un globo.

Pedro le dijo a Paco:

—Las estrellas ninja son

siempre sigilosas.

Para practicar cómo ser

sigiloso, Pedro tomaba algunas

galletas antes de la cena.

—¡JI YA! —gritó su mamá—.

¡Te atrapé!

Ella también era sigilosa.

Capítulo 3

Estrellas ninja

Pedro y Paco jugaban a los

ninjas en su habitación.

—¡JI YA! —gritó Pedro y

salió de un salto del armario.

Paco dio un grito y se rio.

—¿Sabes algo? —dijo

Pedro—. Nos divertimos tanto

que no importa si no somos

estrellas de películas de ninjas.

—¿Es cierto eso?

—preguntó el papá.

Al día siguiente, las amigas
de Pedro fueron a su casa para
ver una película de ninjas.

—Esta es excelente —dijo
la mamá.

—¡Ya lo creo! —agregó el
papá y guiñó el ojo.

¡Sorpresa! ¡Los ninjas eran Pedro y sus amigas!

El papá de Pedro también era sigiloso. Mientras ellos practicaban karate, él filmaba videos de acción.

—No éramos tan feroces al principio —dijo Pedro.

—Es verdad —dijo Katie—. Pero fuimos mejorando cada vez más.

—Somos geniales —dijo
Pedro.

—Somos estrellas ninja
—dijo Juli.

—¡JI YA! —gritaron todos.

Y luego hicieron una
reverencia.

Sobre la autora

Fran Manushkin es la autora
de muchos libros de cuentos
ilustrados populares, como
Happy in Our Skin; *Baby,
Come Out!*; *Latkes and
Applesauce: A Hanukkah
Story*; *The Tushy Book*;
The Belly Book; y *Big Girl
Panties*. Fran escribe en su
amada computadora Mac en la ciudad de Nueva
York, con la ayuda de sus dos gatos traviesos
gatos, Chaim y Goldy.

Sobre la ilustradora

El amor de Tammie Lyon por el dibujo comenzó cuando ella era muy pequeña y se sentaba a la mesa de la cocina con su papá. Continuó cultivando su amor por el arte y con el tiempo asistió a la Escuela Columbus de Arte y Diseño, donde obtuvo un título en Bellas Artes. Después de una breve carrera como bailarina profesional de ballet, decidió dedicarse por completo a la ilustración. Hoy vive con su esposo, Lee, en Cincinnati, Ohio. Sus perros, Gus y Dudley, le hacen compañía mientras trabaja en su estudio.

Conversemos

1. El dibujo animado sobre ninjas inspiró a Pedro a aprender karate. ¿Qué crees que le gustó sobre la película? ¿Alguna vez un programa de televisión o un libro te inspiró a aprender algo nuevo? Habla sobre eso.

2. ¿Crees que Pedro es un buen hermano mayor para Paco? ¿Por qué? ¿Por qué no?

3. Al final, Pedro dice que los niños no eran ninjas muy feroces al comienzo, pero Katie dice que fueron mejorando cada vez más. Explica lo que hicieron para mejorar en el karate.

Redactemos

1. En este cuento se describe a los ninjas como feroces. ¿Qué otra cosa podría ser feroz? Haz una lista de cinco o más ideas.

2. Imagina que Pedro llega a ser una estrella ninja de verdad. ¿Cómo se llamaría su película? ¿De qué se trataría?

3. Anota tres datos sobre el karate o los ninjas. Si no se te ocurren, pide ayuda a un adulto para buscar información en un libro o en la computadora.

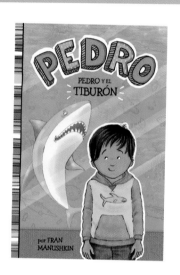

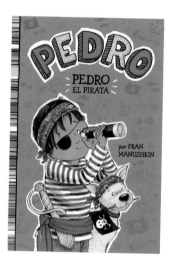

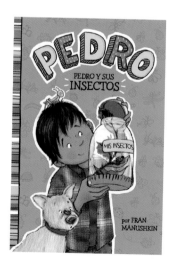

CON PEDRO!

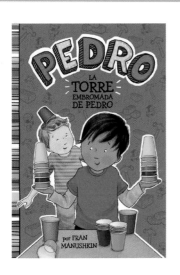

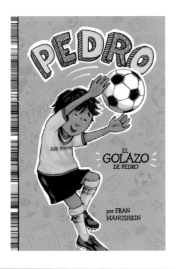

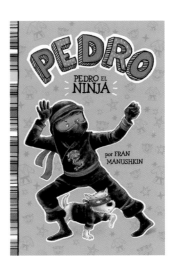

AQUÍ NO TERMINA LA DIVERSIÓN...

Descubre más en www.capstonekids.com

- ✹ Videos y concursos
- ✹ Juegos y acertijos
- ✹ Amigos y favoritos
- ✹ Autores e ilustradores

Encuentra sitios web geniales y más libros como este en www.facthound.com. Solo tienes que ingresar el número de identificación del libro, 9781515825104, y ya estás en camino.